グラフィティ

岡本啓

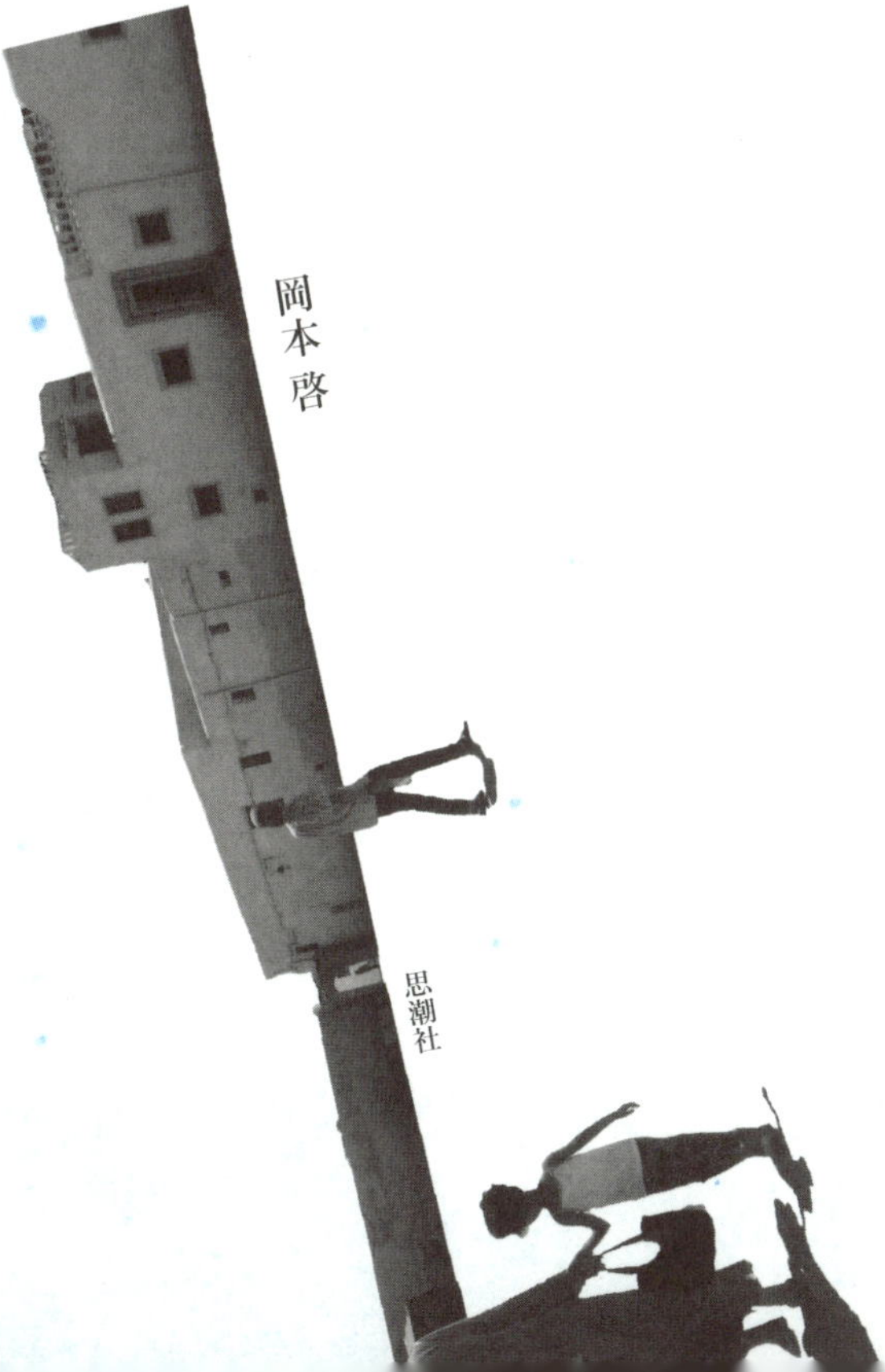

思潮社

2013

2014

肩のあまったシャツ
もたれかけた指をはなすと
頬にニュースのかたい光があたった
あっおれだ、いま
映った、いちばん手前だ　ほらあいつ、ほら
いま煉瓦を投げつける

きみは興奮しながらスープの豆を口に運ぶ
母親がひたしたスープ
煙がくるなか、担架を　肌のちがう二人が持ちあげて
走りさる

こんなちいさなふやけた芯が　四肢を一日燃やすのか
舌で　こうやって
怒りの殻を　剝ぎとってくと

一粒のおののく歌もおれにはない
おれは恥ずかしい、いまも
ショーウィンドーを　どうしようもなく
たたき潰したい
こんなこと、あっていいのか
ヨウナシ、においはしない
拳に似た、輪郭のほか　なにもない

ちがう
ぼくが言う　くだけちったガラス
あらゆるものが萎れるんだ
ほんとうに宇宙は
なにもない
一人の女から産まれて
ここにいる　それじたいが　暴動だ

グラフィティ

岡本 啓

椅子

掃除機が鳴っている
礼拝堂のなか
つるつるした木の背もたれ、お尻のところ
どの椅子も
そこだけニスが剥げている
きっと月曜は毎週そうしてきたんだ
Tシャツごしに
せなかの脂肪をゆらすかれは
こちらを気にとめない
すすり泣きよりも乱暴なひきずるしかた

そっけない、でもやっぱり
血がかよってる
靴のなかで指がぎゅっとまるまる
すみきった
ひときわふかい断層にみとれた
だけど
ざらつくおとのほか
なにかきこえていたか

ケイ
なあ知ってるか、祈るということ
スターバックスの
なみなみとつがれた紙コップ
あんなふうに、ひとは持ちあるく
こぼさぬように首のうしろをかたくして

別れの記憶
うかがい知れぬこと
舌にのこる髪の毛のような
一本の針金
いつだったか頬のうらにあたるその一本を
はきだそうとして
落ち葉のいいにおいがした

枝がふっと折れるようにちからがぬけて
この肺もやぶれること
これは知ってる
だから輪郭を
はっきりさせてしゃべりたい
けだるく
視線のとどかない午前中

ひとりでかれがきれいにしてる
まっすぐに床にならべられている、古い椅子
だれかがここに腰かけて
木の温度でたちさった

あたりにこぼれた靴底の泥
一週間のホコリ
こなごなの枯れ葉
しがみつく虫、ぬけおちた髪の毛も
そのたしかな、ひとつひとつの呼吸がくらやみへ
みぶるいするほど
あっというまに吸いこまれていく
離陸する
旅客機のような振動につつまれて
ドラム型の掃除機と

胡桃がひとつころがっている
だれかのおと
鳴りやまないおとを
おそれもなくきいたということなのか

濃いピンク

濃いピンクのとこをもらってくれ
肉をつめるおとこの
抗菌のうすい手ぶくろが
ひらいたムネ
胸によくとおる声をかかえて
ほとんど一日
いいつくせなかったこと、ことばのために
黒い指が、とつぜんひきずりだした
おもいもよらない

一羽のはげしさ

バスルームのドアをあけると
かわいたまま、垢すりがおちてる
今日は、口汚いモップのようにあたりちらした
わずかに血ばしった
一切れのうつくしいムネ肉
バジルとにんにくをたっぷりぬりながら
考える
どんないのちも、たったひとりでひいていく
そんなことがらに
ぼうぜんと
うながされてきたんじゃないのか
歯で砕いて、唾液で溶かすということ
それ以上に

痛みをかんじる芯を、しっかり喰い尽くすということ

ドアのむこう
一ブロックさき、ここから九十秒むこうでは
どの方角も青くかすむ
あたりはもう、老いて、はだけた夏に
ほかならない
だけど、青々とぬれる体毛をさかなでてみると
にんにく一かけみたいに
においが指先にこびりついて
いっそうわかれがたい

地上の紫の夜は
やっと
こみあげてくるほどすずしくなった

だからか、どんな男女も
まあたらしい精霊のふりだ
ラベルの焼けた缶を抱いて、ホームレスがひとり
CVS薬局のまえですわりこんでる
ぜったいに
あいつの目ヤニなんてぬぐうものか
瞼をとじて
自分に似た、先祖のようになつかしい、その顔に
おとこは親指をあてがった
夜風にまざって
ふいのあついシャワーみたいな、うめき声がもれた
どうか
あすも一羽から
肉をはぎとらせてくれ

8.28.1963

エレクトリックギター
むしあついガレージのなか
よろめいて
いきなりふみならす
まだここにしかないおどりかた
あごを水滴がおちる
目で合図し、おしりから片足ずつ　はねあげて
地平を

ふみちがえてく
かれの五十年まえのはなしだ
ぼくはうまれてなくてどこにもいない
あの日は　それからつれだって
ワシントン・モニュメントのほうまで演説をみにいった
めのまえ
蚊がおんなの黒い肩にとまって
おぼえてる
すっぱかった　すごいひとで
おれは息があがってた

ふいのほほえみで　呼びとめられたとき
この目玉は　かるくて
ぎこちなくはなかったか
ぼくは、だれにでも

くったくなく　話しかけることができる、かれが
その歳にして孤独かどうか　しらない
ただかれだって
まるでヒマラヤの万年雪をふむように
それからずっと
かすれた息を

してきたわけじゃない
この呼吸
とふるえるひざのほか
はげしくおいかけてくるものがなかった夏の日
陸橋のうえから
からだごとフェンスにあずけると
金属の　あみものは　きりきりのびていく
枝わかれしたおもたいからだ

そのすみずみに、瞬間
風がふきあがり、さかさまにひっかかったぼくから
だれかが
窓をとりはずしていった

そのとき
のこったもの
それは　なかば
すがすがしくうしなわれた場所
その、おいしげる草のなかでみつかる
まっすぐな
廊下の板
このとまどいは
風になびく
だれのこころから、ひきはがすことができるのか

ここからしかつづかない
つめたい陸橋のうえで、そうおもった
五十年まえのアメリカ
そこにはいまだれもいない
だれもいない階段を
かれがおりてくる　アパートからおもてにでて
タバコを一本吸うために　なぜだか
楽器は

ふるえてちいさい
なくな
このしずかな新緑にあらわれる
ずっとまえから
かれの声は

熱をおびてるようにおもう

ペットボトル

ほら、ひたいにあてると　まだ
すごくつめたい
片腕でからだをもちあげて
おきあがった
背のたかい少年、ふみこむこちらを　うかがう
まなざし
それならぼくもわかる
ペットボトルにすっと目がいって
ふきだす汗に目をつむる

その一瞬

ぼくらのなかのみずがゆれる
コロラドのモーテルの
あの青いプール
排水溝へとつづく砂のながれも
みずをほしがってた

アスファルトに手をついて
にじんだ赤い血
それとおなじ赤い血によごれて　まったく
べつのひとからうまれる
からだ
全身でみずをほしがるそのからだが
だれよりも腰をおとし

親指の骨で
スケートボードをふみあげる
その一瞬、はるかな
道路がみえる

ふいにぼくは
ここにいないやつのことを
ここにいないからこそ書かなくてはとおもう
さっきまで
肩をぶつけあってたやつらを
背のたかい少年は
ひかりのぐあいでみうしなって
つばをのむ
広大な駐車場をすべりきり
それでも　まだ、ひとりなら

たぶん
股間をたしかめる
その一瞬の　ふかい青空

ぼくはなにもいうことがない
ひろがりに
ひとはきえていくのに
ひろがるそれをまえにすると
なぜことばがうしなわれてしまうのか
砂ぼこりをしずめるのではない
ただ、むねをひく
雨のにおいがした

肩をうつ
一滴、二滴のことば

それではまったくいいたりぬものを
よけるまもなく、うまれてからこれまで
どしゃぶりにこぼされてしまって
それが、ずっと
過去のほうから
キングストリートをけとばしながら
この一帯を黒くぬらしていく
少年を、少年の母を、さきにかえったやつらを
ぼくのからだを　はげしく
ぬらしていく
おもたくへばりつくズボン
なにかがとどく
ちいさな封筒のマーク　木下くん
そんなきがしてかるくふれる

と、おおきな波の写真
パタゴニアのダイレクトメールだった
ばかみたいな青空
急になまいきに見えた　少年の目
おもいだす
ものごころがつくまえの
雨粒をかぞえることをやめないこころ
ことばの
雨はすがすがしい
そんなこころを、かるくふるって
のみほしたら
ゆっくりほてりが　ひいていく

そしてまた、すごい汗だ

グラフィティ

ぐっと踵をあげてとどくところ
のほんの少しさきから
目一杯
おっきく花を描いた、いくつも描いた
白で消して、そこに言葉をかいた
スプレーで
ざらついた壁にむかい
一つ消してはつぎの火を、放つように描く
おそろしさ、すくむこと

懐中電灯と銃

いつ照らされるか、恐怖が
つまさきからあがってきて
たかぶる瞳
落書きに埋めつくされた
この、壁のまえに立つと
おまえのたかぶる瞳が目にうかぶ
いったい、そのふるえ、激しい鼓動
それがいつかこの脈拍と
重なりあうことがあるだろうか
イーストリバーに沿った倉庫跡
あざやかに残るのは
乾きおえる間際にたれた、オレンジと青
煉瓦をゆっくりさわる
ここにあるもの、殴り書きでさえ

ここにあるものと、ありえたもの、その
揺らぎに身体ごと奪われる
だれかがいつか忘れていった声に
ふるえる瞬間がある
蛍光色でさけぶ
汚れたアルファベット
下が透けて見えるわけじゃない、ただ
なんども消すことで、たしかに、ほんの少し
分厚くなった

電線に、スニーカーがぶらさがってる
とりにくる人のないあれを
だれが結んだのか
にぎり拳のようにあんなに固く
知ってる、五階の暗い廊下のおく

結び目に爪をくいこませて
おしひらこうとする、一人の
父の、一人の母の、涙をためた顔があり
つかのま、また重なる
だれだか知らないおまえ
だが国籍も名前もべっとり貼りついた
双子
突きとばす、へその緒が絡まってるのに
とどかない、でも
あの五月のひろびろとした緑の公園
そこで、祝福をうけてる花嫁だって
むかいあえば双子のはずだ
レキシントン・アヴェニュー
地下からあがるぶあつい湯気につつまれて
ひとびとの、交差する、息が、またひとつ

またひとつ、すりかわり
クラクションに、呼び止められる
赤信号を抱きしめて
立ちつくすアーミージャケット
ぶかぶかの払い下げをかぶった中年が
週刊誌にしがみつくテントウムシの写真を
ちいさな火だとおもって
息をかけてた
いつかまたどこかで、この光景を目撃したとしても
その時も
一つも可笑しいとは思わない
十一時も過ぎたのに、アフロの女性たちが
リズムボックスと
オルガン、ギターにラップをのせてる
夜食のサンドイッチにかぶりつく

中学生くらいのすごい若いこも混じった
ファミリーバンド
自分たちのほうがぜんぜんおどり狂って
コートをゆすって跳ねて蒸れて
あったまる
わずかにふるえる唇からは
たえず言葉
ブルー、そのあまい単語が外気にぶつかり
白くなると、ふいに
血と精液の混じりあう瞬間があって
彼女たちの死んだ親戚たちの顔もみえてきて
すごくセクシー
血も息もうすめたりはできないから
すごく生きてる
くだける音を録ろうとして

屋上から煉瓦をはなした
無音で落ちてくそれを見つめながら
毎晩、街灯に照らされても
決して落ちていかない
あのスニーカーを考えていた、ほんとに
何を聴くべきか考えていた
描いては消していく、日々のあわいに
ひとときに晴れわたる夜空
ただわずかにそこに
聞きとれない言葉がある
あそこの地面には
一つだけちいさな影が落ちてる
だれが、輪郭の消えた
若いからだをおさめる柩を組むのか
壁に沿って

走りさったのは影
弟、おまえが
吹きつけていたのは苔だったか
あるいは壁の層に
埋もれていた花だったか
とつぜん、はっきり聞こえた
言葉をふかく柩にしろ
そう聞こえた
単純に
ぼくは言葉で木をつくりたい
言葉で、釘とノコギリを
飾りボタンと、もっとたくさんのボタンと
たくさんの写真と、スプレー缶と、花と
これらを燃やす
火を

手さぐりで書きとめた文字は
灯りのしたで形がなかった
でも意味のほどけた線をなぞると、そこに
一瞬だけ
澄みきった夜の砂漠がみえた
だから

もう一度
倉庫にひきかえした
朝が皮膚をしめつける
見て、ほら、グラフィティが壁にあかるい
靴底でふみしめる
シモバシラ
ちいさな地球のおと
一晩かけてゆっくり地面をもちあげた

そのちからに触れたくて
おもわず掘りおこす
やわらかなひかりを反射する
つめたいかけら
ここからは
遠くのビルの広告までよく見える
とけていく
氷と土のついた手を
少し待って
遠くからでも見えてほしくて
つよく頬骨にこすりつけた

腐葉土

てのひらいっぱいの
腐葉土のにおい、ぼろぼろに　それほど
かるくなるまで、どこに　肉体を
さらしていたのか
たずねたい
石川のおばさん、いまあなたから
すこし距離をおきたくて
石川さんとよびます

いつだったか

うなずきながらも　こわいとおもった
はげしくイスをひきずり、火の部屋においた
中国のひとのはなし
おもえば石川さんの決意だった

果物を、水道でひやしてくれてるあいだ
いちばんくらいひきだしから
ぬきだしておいた
水着すがた　青くくすんだまま
みんなのうしろでいつまでも腕をくんでいる
まぢかにみた
しおれた花が気になった

ふいに　ひざをつく
火葬場でも蒸発しなかった

あいするひとは、そのとき
白い髪をきつくたばねた　あたまのなか
煙をたてて
ドライアイスのようにみるみるちいさくなっていく
はなれてみておもう
恥じていたのだとしたら
それはちがう

どんなだれよりも不機嫌にいくのだ
あの日のあなたが
おごそかにすくいあげた腐葉土の　しめりけのなかを
なんどでもほりかえす
白く傲慢な幼虫として　ぼくは
いつかのつよいことばたちの
星屑のような死骸にひやされながら

そのかすかな呼吸を
かきあつめ　腋をぬらし、性器をこすりつけて
すすむ　いきどまり
くらい台所に、つぶやくようなひくい歌がある
みじん切りにされたショウガから
わきだす海
深いところに　はっきりとふみこめないものがあることが
あなたがあるということなのか
だが、さいごは　ぼくが解剖する

あせばんできた手首に
風があたる
土によごれたままの、あの日　あの白いシャツも
肉がおちたぶん、いっそう風をはらんで
ふくらむのだろうか

今月D.C.は
桜がさいてとつぜん三十度をこえた
さいきん、エマと
顔をあわせるたび　その肌に
もぐりこんでいく
あざやかなブルーやレモン色のかけらから
かろうじて
たちあがろうと　たちあがるまいとするなにか
にどきどきして
永遠に
入れ墨よ　完成するな、とおもってる

三月

白い重みに傷ついた枝を
腕をのばし　ほどこうとする
きみのからだからは
氷のとけるおとがするけど
雪にあとがつくように
さわったところがへこんだりはしない
はやくも夏時間にかわった、三月十日　あの日曜
ひらけた場所で
やわらかな土に鼻をうずめ
たおれた馬が

空をみてた　しばらく、両目を
とじて　まばらないたみを、すいこみ
雪に焦げた、枝をおく
ゆっくりあたたまってくからだから
動悸が　やんで

わかるんだ
あからんでく、この皮膚から
わずかにはなれたきみのからだにも
夕凪が　しずかに
おしよせてきたことが
蹴りあげられるとかんたんに　ぐらつく背骨を
いっそ、はずれるくらい
むしょうに
ゆらしたくなって

じゃあこのほのかに熱いからだのうえ
ぜんぶに、土を
かぶせたら　そう　はっきりいいきったとき
陽にあたった、きみの　そばかすは
なぜか
砂浜みたいにみえた

N・Dに

ぐっすり寝て
アパートの下から響く、雪を掻くおとで
目が覚めた
雪が窓にさわるおとがする
朝届いた
封筒のなかまで、雪がふっている
いびつにふくらんだ封筒は
不思議と軽い
カッターでひらくと、短いメモと
綿花がでてきた

そのままいれとけば乾燥させせとけるから
今日はリスも鳥もみない
スミソニアンの自然史博物館にも
行かなかった
なにか伝えられることがあるとすれば
石のうえの雪のまぶしさ
鹿の糞のこと
溶けだしてへこんだその場所が
なにかささやいてた
ほとんど間違いなく、あらゆるひとの一生は
はじまってしまったんだろうな
熱の痕跡をたどることが
返信のなにかヒントになる気がして
凍ってるね
その第一声、冗談だったあのしぐさ

やっぱり忘れない
うずくまってたハトの首すじを
しゃがんでゆっくりつまもうとした
指が、ふるえるまだらの羽に
触れて
おそるおそる手を離した
すくんだのは自分たちだった
お湯をひねる
すべらせたひげ剃りで
唇のへりがしみる、血は熱く小さくにじんで
鏡のまえ、突如ひきつった生と
皺くちゃの死が引きよせられる
だれもがとうに気づいていることを言おうか
恐い
忘れかけるけど

焦げついた鍋底も
ブラックホールも、そばにある
きれいに剃り落としたはずの黒い粒が
宇宙のすすとなって顔の底にこびりつく
くぐりぬけると
ぼくはいない

そっと封筒からつまみ出した
南部の空気
ひとつかみを引き裂くと
胸のたかさで、茎がいっせいにそよぐ
風のつよい、よく晴れた日
つぎつぎにまっ白い綿が、はじけてく
むこうの果てまで農園だ
代々摘みとってきた家族たちの、ざらつく舌のうえには

黒く褪せた苦い歌
今はおおきな機械が飲み込んでいく
ありがとう
言葉じゃわずかに足りない
そう思う自分がどこかわらってる
松の葉先にふれたとたん
みるみる形のなくなる結晶も
うまく録れないカセットテープ
耳元でゆすってみると
コトキレタ、コトキレタ、ってわらってる
この封筒はわらわない
わらわない
コットンのやわらかさが
このおく深くにはあるはずだから
歯を噛みあわせてたずねる

この耳は、茫漠を
どれほど置き去りにしたか
どれだけ、ふたたび耳を澄まし
どれだけ聞こえないはずの言葉が
聞き取れるか
白くなった駐車場に
スーパーのカートがぽつんと残ってる
裸の枝に黒ずみがひとつ
ふたつと、ひっかかってる
あれはいつかの巣だ
カーブのたびに雪はふきあがり
濁っていく道路
結局、Mストリートまで出て
小さくなった飴玉を
最後の惑星として噛み砕き

どこもかしこも宇宙なんだ
そう思いながら、すれ違う
すこやかな顔と、そうじゃない顔
深呼吸をして立ちどまる
ひとひらの雪が
黒、白、黄色
ココア色の
剝き出しの熱い頬にあたって
みぞれていくのを
じっと見た

鼻のおくが痛い
かすかに聞こえるのは
死者のいびき、でもなくて
焦げついた鍋よりも、もっとあっけらかんとした

街全体のおと
ショーウィンドウのつよい光量が
とらえきれないほど飛び込んでくる
頑丈な骨が盗みたい
綿花はうれしかったよ
ねえ、自然史博物館の
クジラの骨は
あたたかかったたか、そしてほんのすこし
豊かな潮の香りがしなかったたか
春は見えない、だけど今朝
新雪をふみしめながら
糞のゆげを吸いこんだとき
胸は静けさでいっぱいになった
そしてその、凍ってかたまったはずの静けさが
はやくも一滴ずつ

たれはじめてる
もう二度とはじまることがない、と
だれもがほんとに、はじまってしまった
二つは一つで
ぼくらの一生は圧倒的にはじまってしまった
目をつむると
鹿の痕跡を追い
藪に分け入ろうとする自分がいる
膝まで雪に埋まる
白い網目のむこう、返事はない
とほうもない闇のなかから
静かに、哺乳類の
巨大な老いた瞳がぼくをのぞきこむ
雪がゆれている
なにものか、ふとわらったか

声

ぱらぱらはねとぶ、つばと
バクテリアを
この声がふくむように
ことばには天気雨がまじりこんでいて
そのざわめきが
おととなり
とめようもなくわたっていく
誰がそこにいて
ここにいるのは誰なのか
かさなる波紋が

しずまらないこのむねに
いくども、たずねてきた
だけどたかなりを
かたい呼吸でおしかえせば
髪をきったみたいに
あかるくなる

いつのまにか
すっかり濡れてた
目をとじると
あの雲とおなじ速さではこばれて
おだやかな声がきこえる
これは鼻で
これは頬、これは口
これはまぶた

祖父のかわいた指の感触が
ここにある
誰のどんな
蜂の巣を抱きしめても
ずっとそう
くやしがるのも
わらうのも
いかるのも、涙をながすのも
ずっと
この顔だ

水滴のついた
食料のビニール袋をねかせて
両手でぐっと窓をひきあげる
青い

空のたかさに
ゆれるバスケットゴールがみえる
まだおちつかない
背骨のしびれ
舗道で
はだしのきみと、すれちがった
小さくわめく鉄のゴミ箱
ダンク
息もつかず
ハイヒールをぶちこむきみの
不穏なまなざしが
とうとつに
雲間からさしこんでくる

渚にて

いま、仮に
なだらかな砂浜のように
息をとめて
それでも唇のうらにしみるこれは
海かぜか
つたう汗か
貝のかるさで
ふしぎななにかが
ぼくらの皮膚のなかには入ってて
いつかの朝はやく　いなくなる

したくの言葉はうかばない
ただそのかわり
あるひととき
そっと土をおとした
マッシュルームのあかるさを
黒板をうつす小学生の
鉛筆にこすれたやわらかな手を
めくれて
白くふくれあがるページを　考える
さきへさきへ
ひとり走っていったひとたちの
鎖骨に落ちた
ハエのようにかたいなにかを考える
なんだろう
おびただしい数のカモメが

ふきあがってく、あの
青く濃いところは

大股をむきだして
渚へかかとをうちつけていた
エマが時計をみる
エディがたちあがり
コーデュロイの砂をはらった、その指で
目をこする
あの水平線のあたりにも
生物がうごめいてて　したには死骸が
うっすらつもってる
何ヶ月かたったら
あたらしい雪がふる、ぼくらの陸地にも
あっけなくさるものがある　だけどいまは

そのさむさも
この足の指のあいだから
しみだす泥のあたたかな感触で
ふみつけたい
からい、この塩
わずかないたみ　これは　この海なのか
それとも
とめどもない汗なのか
ただ一瞬を　ふかくすいこむ
だれも起きだしていない朝の街
スニーカーのかかとをひろげ
つっこんで
今日は暑くなる
と、ひたいをさわる　つややかな朝
影ができて

きつくここにしみこんだ
海水に
ばらばらにさらわれてく、その時刻まで
からだ
ひとつで
おおきく応えを

赤い花

骨になる
口にすると身軽になってた
かしいだ赤い花のなかから蝿が一匹のぞいた
名前のない骨になる
とすると
なんと風は爽快に
あばらをつきぬけていくのだろう
メキシコ中央高原、乾季のたかい雲
あつい雨粒ひとつこぼさない
この頬の平坦ないらだちさえも

やすやすと超えていく
ここ、石畳の街グアナファト
だれもいないクリスマスの朝を歩く
むこうの丘にはカラフルな家々
昨晩はあそこから
火の曲線がするどくあがった
おそろしい
隕石がおちたみたいに爆発して
十二時を知らせる鐘が
街中の教会から鳴りわたった
なんとか目をつむろうと
耳までシーツをたくしあげる
しいんとして
おびえた野良犬の遠吠えだけがきこえる
止んだ

そう思うと
ふたたび谷のあちこちから
閃光があがりだした
結局どしゃぶりの火は
繰りかえし夜明けちかくまでこだましつづけた

骸骨がトイレで新聞をひろげている
そんなモチーフの人形が
顔をほころばせ
陳列棚に並んでいる
メキシコのお盆だという十一月の死者の日には
先祖が骨のすがたで帰ってくるのだ
花びらを拭いてる
やせた老人と目が合う
排気ガスをかぶった赤い花

そのひとつひとつに名前をつけるような
丁寧な手つき
言葉が通じないから
たがいに笑顔をつくった
昨日もほんとは見かけたのだ
夕闇の青と
洋服のにおいが、もっとも濃くなる時刻
彼の胸には帽子があって
教会の、血を流したまま固まった
石膏の聖人像のまえで
ひざまずいてた、ちいさく口が
動いてた
空を写した天井も
淡いピンクの大理石も、ひんやりとした肌で
絶えず、声のない声をきいてきた

ぐずりだした、母の腕のなかの
あんな声さえも
点滅する
電飾の熱をまぶたにのこしたまま
ぼくは夜空のした息をした
イヴの教会には
呼吸がぎっしりつまってた
萎れた花びらを一枚ちぎる
影になるまなざし
どうしてか
東京で暮らす父がよぎる
あかるい陽射しを手でおおう、彼のしぐさ
見かけたよ
たとえ言葉が通じたとしても
そう言えなかっただろう

昨日は、それほど真剣だった

とれ、帽子も
長い銃をぶらさげた警察官が
両手をすべらせて全身をたしかめる
口ごもる乗客たちの横顔
その喉には、なにがひくつくのか
バスは
メキシコシティから遠ざかっていく
あそこではどんな呼び名も
だれのいかりも
トウモロコシのちいさな粒だ
外を眺めやる一人の若いこころが
一つ手前に座ってた
ほんとうにあの地平が

花を一輪でも産みだせるのだろうか
むしろ、このおおらかな青い空も
埃のまきあがる原野も
いともかんたんに
ころがる蝿の、脚のふるえを
蒸発させていく

洗剤の泡が石畳をながれてくる
坂をのぼったむこうから
雲がわきだす
溝にたまった燃えかすと、菓子袋
昨晩の片付けがはじまった
だれ一人として、もう出会うことがない
そう感じながら
ただこうして眺めていようとするときは

ひとりでにのびる背筋があって
おびえるようにつまさき立ちで歩いてきた
自分の背中がよく見えた
きしむ廊下、その
ツカノマという響きをおそれて
みすぼらしく
背を曲げ急いてきた、みにくい姿がよく見えた
空気をいれかえる
名前のない
骨になる
はっきり一度、つぶやいてみる
死者の国の窓から
ふきこんだ風が
ながい廊下をみがいていく
いつかのメキシコ人も、日本人も

きっと
そんな風向きのことを
思いえがいた

一瞬、バスがパンクしたかと思った
立ち止まり、ふりむくと
耳に指をつめこんだ悪ガキたち
昨夜の爆竹を
投げつけたのだ
低い雲がすごいはやさでながれていく
かすかに
トウモロコシの生地を炙るにおいがする
窓の鉄格子からあふれでた緑のさきに
赤い花がついてる
くらい室内に

飾られたしゃれこうべ
ドアノブにひっかかったブラジャー
あるいは、ここで産まれていたかも知れない
赤い花
なんて名だろう
あかるい花、ぼくらの名前
戸口から
漏れだしてくる
ミシンの音に激しくたたかれて
身動きできずにいた

発声練習

わらい、泣く
なにか原形のようなかけ声が、はねて
高いあざやかな虹になり
胸のここまでひびいてくる
おおよそひとりの声じゃない
と、ふいにわかる瞬間、不思議になる
感情というぶあつい流れはどこからくるのか
おまえは力強くほえる
窓をあけはなった教室で、おおきく

帆をはるようにして
腕をまくった白髪の男性、襟もとをひらいた長身の女性と
あるときは、腹のそこのドラムから
ささやくように
あるときは猛烈に求愛するアシカになって
とぎれとぎれの吐息が、空気の深海を
ぬけると
みずみずしい声になる
われんばかりの

コーラス
なにがいま胸に、煙突のようにまっすぐ高く
はいりこんだのだろう
だれもがやっとおもいおもいの声色にもどるとき
おまえはそっと鞄を持ちあげる

ずりおちた肩ひもを直そうともせずに
なまぬるい春の空気を
ひとり吸いこむ
こびりついた垢がようやく透けた
そう感じる自分の声に
友人の気安い、噂のわずらわしい
ベーコンとタマネギとチーズのきつい匂いがつくのを
どこか、恐れて

おまえの、まだどんな意味にもとどかない声
雨脚のようにとおくへ
いちもくさんに駆けていく声を
見おくろうとするこの肺が
一息ごと、しみるなら
とっさにおわなくては

コンクリートの汚れた塀に、すり切れた風に
頬を、手を、何度もこすりつけながら
あんなスプレーの殴り書きにさえ
夜ふけにだれかがかぶせた
粗い血潮のような、王冠のほこらしさがあるのだから

だが
ふきこぼれる息、どんな声も
一瞬でかき消えるということ
わけさえ尋ねることができず、鉄条網のそば
撃たれた命の短さに
とどまれ
願うとき
あの虹はもう消えかかり、なんの返答もない
ただ、十字に貼られた、ひらひらゆれるガムテープ

やぶれた皮膚があるだけだ

立ちどまる
青い郵便ポストがひしゃげてる
あの身振り、あれは
タクシーを止めようとしてるんじゃない
なんていうのか
なにかもっと
おおきな流れを止めようとして

とたんに、空気をきり裂くビニールひも
くりかえし地面をこするおと
縄跳びをやめない妹の、つま先がふむ強いリズム
なにもかもそっくりそのまま聞こえてくる
くるぶしにあたるふかい草の感触を

おぼえていたい
金網で仕切られたこの中庭のほか
どこへいっても
これ以上に愛おしく、脂汗は
にじんでこないだろうから
ジャンパーのすぐしたのなめらかな素肌
わたしの子
おまえがうしろから首飾りのようにまわした腕が
すっとこすった眉毛のしたに
じっとこっちを睨む
少年の、二つのおおきな瞳があった

なにとも関係なく
黒ずんだタンポポの葉がゆれていた
いずれこの風景も

握りつぶした写真のようにゆがんでいく
だとしても、いまこの瞬間
まなざしにうたれ、うなだれるこころがあるのだから
どんなに暗くすねた顔でさえ
分けてもらう
そんな言い方こそがほんとうだと思う

夜のダイナー、ちらつくネオンの舌うち
おまえの健康なふとももを枕にして
おまえの娘が眠っている
はらはらしながら
やわらかな前髪をそっとかきあげて
汗ばんだ額にさわる
まだ帰ってこない
赤い爪がパン屑をぱちんとはじく

どうか
とつぜん、炎よ、つかないでくれ

真夜中、だれかがたしかに起きてる
失いつづける波打ち際で、両手をひたし
ほとんどみつからない
やさしい言葉を掘りだそうとして
でも満ち引きは
わずかにきっとベッドのなか
首筋に鼻をこすりつけ
さんざん爪でさわりあった、すべての二人の
やわらかな悲しみにこそあって
乾きおえた頬に、はにかむ地球の陽が
ふれるとき

唇からもれる、意味とおと
とおく、そう自分とは関係なく
小さくまたたいた、緑のひかりに感嘆する
むこうのほうからは
明けはじめた水平線が見えるのに
ただこの地球に
立ちよるなんてことがあっていいものか
立ちよるとしか言い切れない短さを
どうやって
口にすればいいのか

風だ
見えないということが
いらだちをとおくまで運んでくれないか
終わったパーティー

ちぎりとったそのチラシを
空中ではなす、おまえの髪が、あぶれあぶれ
工事中の青空にはためくのが見える
だけど、なぜこの街が、くたびれてるといえるのか
ディスカウントショップの文字のかすんだ看板も
動かなくなった自動車のボンネットも
陽のひかりを鈍くためて
いつのまにかあたたまってた

デカイ車体を、数人でちからをこめて押した
腋を濡らした大男の、はずむような白い歯がのぞく
熱をかんじる
灰のおちそうな一服がおいしいんだ
このたどたどしい英語のせいじゃなく
自分の弱さのせいで

はっきりとした言葉を返せないまま
黄昏は、D.C. の街にいま
ハチミツのようにねばりついて、祝福のように見えて
あの太陽の、赤く、沈んでくおとを
まるごと胸で聴いていたい

唇が鼻水にぬれていく
包丁をいれたトマトから、だれだか
ながれでた酸っぱさを、一粒つまみあげ
なぜだか泣いて
これほど声が
はっきり聞こえる街角はないから
はっは
はく息のように、この声のように、かき消え
なに一つ残すものは持たないけど

枕にこころをこめて
言葉にこころをこめて
書きうつそう
だれがどんなふうに

一日の風を埋めたのか
ガムテープの十字架のまえ
どんなに熱い眼がとじられていたか
すれちがう街角のなにげないおしゃべりを
必死に手をふる背中のつかれを
痺れて木のように固くなったふとももを
そっと枕をいれる母の手つきを
ガラスを曇らせた、ちいさな安堵の呼吸を
ただひとりを、待ちわびる
ながいながい時間を

書きうつす
声のよくとおる、空気の紙へ
ほてった肩をくるむ、このひえた大気へ

娘がカーテンをひきちぎってしまった
と、なげいてた402号室で
おまえは、足の裏を床にはりつけ
顎をすこし上向かせて
声をあげる
それは、ひとりの声じゃない
今日、だれもいない教室の、とびらをあけて
ぎりぎり名ざすことのできない
泣くような、わらうような感情の断片が
とめどなく冷たいジュースになって
あらゆる耳もとを、喉もとをとおっていく

なにかが宇宙の頬にぶつかる
ほとんど
無言にちかい、一瞬で消えゆくなにか、それは

やわらかな石だ、びしょびしょに
体内の浴槽をうちのめされ
いつしか、はっきりきこえてきた声に
ペンをおく
花粉にむせる
とおい四月の部屋で
かゆみを感じた眼をこすって
それでも窓をしめようとしないきみ
きみはいま
外気にぶるっとふるえただろうか
紙をちらした

アンプのようなこの部屋も
いま
けたたましく
ブラインドのわななきをためこんでいる

目次

6
コンフュージョン・イズ・ネクスト

26

ペットボトル

10

椅子

32

グラフィティ

16

濃いピンク

42

腐葉土

20

8.28.1963

48
三月

52
N・Dに

62
声

66
渚にて

72
赤い花

82
発声練習

「コンフュージョン・イズ・ネクスト」以外の十二篇は「現代詩手帖」二〇一三年六月号から二〇一四年五月号の新人作品欄へ、米国より毎月一篇ずつ投函したものです。

グラフィティ

著者　岡本《おかもと》 啓《けい》

装幀・組版　著者

発行者　小田久郎

発行所　株式会社 思潮社

〒162-0842
東京都新宿区市谷砂土原町 3-15
TEL 03(3267)8153(営業)・8141(編集)
FAX 03(3267)8142

印刷・製本　創栄図書印刷株式会社

発行日　2014 年 11 月 25 日　第 1 刷

2017 年 9 月 1 日　第 3 刷